除你之外

席慕蓉

〈代序〉

我想叫她穆倫・席連勃

向陽

十一月三日下午，詩人席慕蓉應我的邀請，到臺北教育大學來演講。這場演講是在我開的課「文學大師講座」中進行，詩人演講的題目是「我的原鄉書寫」。早在九月，我在臉書上發布消息次日，臉友預約她的演講就已額滿。演講這一天，沒有預約而前來聽講的人更多，國際會議廳瞬間爆滿，走道、角落都坐滿了年輕的學生。詩人的魅力，由此可見。

北教大曾是席慕蓉的母校，她也曾獲北教大頒贈傑出校友，面對著滿堂或坐或立的聽眾，可以感覺她重返母校、目睹昔年舊景與流光的心情。她侃侃而談當年在學校大禮堂自我介紹時發生的舊事，並由此開展她和蒙古原鄉的追尋之旅。兩個小時下來，毫無冷場。蒙古的興亡歷史、草原的壯闊景觀、族人的記憶與認同，通過一串串故事，娓娓道來，都讓聽者心動。

當天的席慕蓉，既是詩人，也是叩問鄉關何處的旅人。她從年輕時的身分困惑談到中年後的返鄉尋根、從異鄉漂流談到對家國與文化的護持，逐一道來，都讓在場的聽眾深刻感應了她在動亂流離年代中的困惑、追尋和終於安靜找到自我的篤定。我既是主持人，也是她的聽眾，這場演講後，記得我在總結時這樣說：席慕蓉以身體、行踏和書寫，覓尋記憶、建構認同，圓滿了她與蒙古的重遇，無論心靈或者信仰都找到了故鄉。

是啊，故鄉，對在臺灣出生的我來說，那是多麼親切且容易擁抱的概念，生身之地、生活之鄉，兩腳所踏、雙眼可視之處，就是故鄉。但是，對席慕蓉來說，故鄉兩字，卻是一生的尋覓。年輕時，故鄉的面貌於她，是「一種模糊的惆悵」，她接受的是漢文化的教育，「鄉愁是一棵沒有年輪的樹」。及至中年回到蒙古草原，她才看到「少年的父親曾經仰望過的同樣的星空」，而終於又在追尋希喇穆倫河源頭後「在母親的土地上尋回了一個完整的自己」。那是一九八九年的事，但即使如此，故鄉於她，仍然是必須不斷尋訪、行踏的長路。故鄉於她，是個過程，不止於土地，還及於歷史，以及這樣不斷反溯的時空移動之中對蒙古文化、生態的強烈關注。席慕蓉的鄉愁是動態的鄉愁，整個蒙古的歷史和草原，是這個鄉愁的動脈與靜脈，無論發而爲詩，書而爲文，都和她的生命連結於一，不離不棄。

當天的演講，席慕蓉的解釋是，這鄉愁來自「血緣」，是血脈上的牽繫，只有在一個人遠離族群，或整個族群面臨生存危機時才會出現，只有在那個時候，血緣才會從生命裡走出來召喚你。這在她寫給我的一封信中也曾提及：

> 我之所以想要爲內蒙古發言，只是我的私心，因爲草原是我族人的原鄉。若是沒有血脈上的牽繫，我會關心嗎？
>
> 我相信我恐怕不會像此刻這樣投入的。

我可以理解詩人的這種鄉愁可能眞如她所說，來自血脈，但是我認爲猶不只如此。席慕蓉從一九八九年展開的草原之旅，一如詩經〈蒹葭〉所說「溯洄從之，道阻且長」，也如屈原〈離騷〉所云「路漫漫其修遠兮，吾將上下而求索」那樣，無法僅僅依賴身上所繫的血源而不以爲苦。從一九八九年起，她每年回蒙古一或兩次，足跡從父母之鄉到愈發遼敻的大興安嶺、天山山麓、額濟納綠洲、鄂爾多斯、貝加爾湖——這樣的旅途，開展了她的歸鄉之路，已經不純然只是出於尋根、溯源的血脈或鄉愁，而是詩人對蒙古文化和國族命脈的高度凝注了。

這樣的高度凝注，使得席慕蓉的詩與散文有較此之前更具突破性的發展。一九八一年她推出第一本詩集《七里香》，一九八三年出版第二本詩集《無怨的青春》，都造成轟動，席捲出版市場，形成「席慕蓉現象」，詩壇對此有褒有貶；但是她從一九八七年推出第三本詩集《時光九篇》之際，她已經開始探究時間與生命的課題，拔高視野，進行生命的內在思索；二〇一一年她出版的詩集《以詩之名》，則更凝聚於蒙古高原的探索。她爲父祖、故鄉蒙古寫詩，也爲蒙古歷史、文化寫詩。我讀她以蒙古爲題材的詩作，總感覺到詩中的蒼茫、冷凝與厚重，已非一般詩人可以企及。我喜歡她在《以詩之名》「英雄組曲」一輯中寫的詩，她的詩出入蒙古歷史、文化與民族想像的多重空間，表現出了一種流離和定根、空間與時間、他方與在地的多重視角，因而成就了詩人穆倫·席連勃的全新的文學生命。

她的散文力作《寫給海日汗的21封信》也是，或者說更是，將蒙古文化、土地與價值觀延而伸之、刻而繪之，透過與蒙古族青少年的訴說、叮嚀，把她年輕時的認同疑惑、苦悶的「背面」和中年之後不斷尋索、逐步清朗的「正面」，疊合於一，讓逐漸消失的、頹萎的蒙古文化得以浮現。從這個角度來看，她和書寫《鄉關何處》的薩伊德（Edward Wadie Said）一樣，都表現了一個曾經陷入國族認同困惑的知識分子的追尋之旅。她對自我生命的追尋，毋寧也可以說是對隱藏在「席慕蓉」名下，或者換句話說，是對被「席慕蓉」淹沒的另一個自我（穆倫·席連勃）的追尋。她曾經和她的父祖、故鄉、蒙古高原斷裂過，如今她通過這長達二十多年的行踏與書寫，找回了自己的生命，文學的，以及國族的。那些無根（rootlessness）、失所（dislocation）、離散（diaspora）的逝昔，都已化入她的行踏與書寫，篤定地勾勒出與席慕蓉對照的穆倫·席連勃的清晰面容。

聽完席慕蓉的演講，當晚我重翻《寫給海日汗的21封信》，在第十八封信〈生命的盛宴〉中看到了席慕蓉的這一連串問話：

有沒有可能？在生命過程中的有些牽扯與失落，包括那隱忍的委屈或者突然的落淚，主角並不是我？而是住在我身體裡的那個她？

……是不是住在我身體裡的那個她，已經開始慢慢與我和解了呢？

答案再清楚也不過了，下次見到席慕蓉，我想叫她穆倫·席連勃。

——原發表於《印刻文學生活誌》二〇一四年十二月號。

〈目次〉

篇二　初心

● 篇三 軌道上

●篇四 餘生

● 篇五　英雄組曲（二）

篇一 自敘

線條

——給慕蓉

陳育虹

那是圓的
荷枝與細葉蘭
七里香的幽思
瞬間明白
的蓊鬱

那是風的
線條，溪流的

裙襬
水袖
飛的姿態

那是滿的
空的
捕住的
捕不住的
女孩與一匹馬

夢的線條
青草無邊綿延
一匹棗色馬

馬鬃飄飄
踏花而去

——臺北　二〇一〇・十二・十二

士林園藝試驗所
1961　何宣廣 攝

自敘

——給最初的時光

很早　很早
我們就已經開始寫詩
用年少的心　學著
在燈下去辨識這陌生的人世

是無聲的存在　無害的習慣
（遂無人察覺也無人加以監管）
一如暗夜無風的海洋

在遠遠地辨識著沙岸
這反覆觸及卻又難以擁有的一切
以一種
極爲靜謐的悲傷和喜悅

——二〇〇九・十一・五

偶得
——之一

一生也不過就只是這幾行詩　記憶
本身的光澤　藉文字而留存
詩的祕密在於隱藏著其實不必隱藏的事物
集所有意念的曲折　於
有光有暗躡步潛行之處（夢中曾是枯骨）
如倒敘的影片　讓我們將
一切反轉　從衰老過程逐漸回溯爲
頭角崢嶸的壯年青少　再

小小心心地活上那麼一次　如林中的
獸　最後睏乏地蜷縮在落葉堆中為止

——二〇〇八．十二．三一
十時二十分

偶得

——之二

一個人開始的生活　難免會
本末倒置
詩竟然成了主角
集訪問　對談　懊惱於一身
有如封閉了多年的一則預言
如影隨形　緩緩呈現
一個人　漸漸老
頭頂的天空再無人替我撐持

小心翼翼度日吧
獸般狂妄的夢想啊　到此爲止

——二〇〇九・一・二

五月的沼澤

淡黃色的蛾翅
撲飛近陰暗的圍籬
牠難道不知夜已深
所有的時光都已離去

（至於該如何處置　那些
抽屜裡的始終沒有寫成的詩稿
若是問這屋後

五月靜默的沼澤　想必
也不知道）

在雜樹林散出的淡淡香氣裡
我等待著的　究竟
是誰的回答？

——二〇一一・六・二

我讀詩

如幼兒那般的歡欣與無知
翻開書頁　我讀詩

我讀詩　並且等待　認眞等待　永遠等待

等待一種撞擊　一種
自踵至頂的戰慄
讓我心疼痛繼之以狂喜

彷彿是闊別千年之後　與那人的
不期而遇

——二〇一五・一・十八

不滅

——寫給黑城

是的　物質不滅
總有這些在眼前循環交替著的一切
當斜陽緩緩落下　一轉身
迎面而來的
果眞是那令人驚呼又悲喜交加的昔日光華
初昇的月　重臨的圓滿

舊時山川正靜靜地隨著記憶往遠方無限開展
蘆葦叢中湖水的反光隱約而又透明
因稀少而珍貴的線索　如金　如銀
如我們年輕時曾經那樣相信過的愛情

此刻的我也並不懷疑
是的　物質不滅
總有這些在眼前循環交替著的一切

半埋在流沙中的城池已空
卻還留有不明的咒語
巨蛇雙雙守護著的寶石　還深懸在
乾涸的井底

歷史的傳言千年不變
據說　這整座城郭的繁華舊夢
會在最美最清澈的月光裡　復活

——二〇一三・十・三

時光刺繡

——任何時空，詩都是絕望的。

林文義

然則　於我而言
詩　是一切的完成

是年少時何等珍貴的撫慰與魅惑
是不斷去又復返的　輕聲召喚
是生命　從那不曾自覺的逗留到固守
是此刻才逐漸呈現　如你所見
一幅　色澤斑爛

古老華年的時光刺繡

是今夜燈下　給你寫這幾行字時的澄澈無求

當然　疼痛總是在的

任何時空　詩成之後才襲來的那種悲傷

一如那些細碎的波光　閃亮

從遙不可及的遠方

總是會讓我微微地恍惚回眸

——二〇一四・三・三

山火

——給郭清治

難以複製的每一個白晝與夜晚
在燈下　在你的雕刀與我的筆之間
靜靜等待重返

彷彿山火熄滅之後　還有
那些根鬚　深埋在巨石嶙峋的土壤裡
繼續燃燒
如細細的火炭般
尋找一種相反的出口

暗黑的地層之下
熾熱的心成網　互相碰觸　延展
窒悶地堅持著緩慢前行的火焰
任我們用幾十年的光陰　去追尋描摹
也不知其盡

——二〇一五・十一・二十五

附註：清治是我少年時的同學，如今已是國際知名的雕塑家，日前和同窗們一起去看他的雕塑展，想起恩師林玉山教授所繪的〈山火〉，因有所感。

除你之外

除你之外
無人願意相信　那恆久的
且又必須時時變動消亡的存在

除你之外
無人願意原諒
這謹小慎微卻又總是渴望能夠爲了什麼
去揮霍殆盡的　我的一生

除你之外　無人見過
那曾經迫使我流著淚仰望的
何等奢華何等浩瀚的星空
無人來過
我曾經那樣悸動著的心中

除你之外
無人知曉那一處曠野的存在
是的　除你之外啊　除你之外

——二〇一五・四・十八

篇二 初心

為了美

——敬致席慕蓉

吳晟

我始終信奉善
煥發出明亮的光采
是美，最深邃的靈魂
如同你的詩

你曾爲蒙古牧民兄弟
被迫失去縱橫奔馳的草原
朗誦魂牽夢縈的詩篇

忍不住泫然欲泣

你也曾以詩聲援
阻擋龐大的煙囪王國
霸占我們立足的海邊家鄉

因爲美，是善、是愛
是我們生命的終極信仰
只有回歸實踐
才是最動人的力量

我多麼喜歡擁有一張
寧靜的書桌，安頓晚年

坐下來，專注捕捉
自家庭院搖曳生姿的樹影
或漫步遼闊田野
聽鳥鳴啁啾，彷彿大地詩稿
恬淡自足的音韻
然而，眼見「短暫的權力
乘以無窮的貪欲」
吸納無數依附與靠攏
串聯成快速膨脹的金權集團
向四面八方擴張
支使一部一部怪手
背棄農耕機具的身分
充當摧毀家園的前鋒部隊

我們怎能一面歌頌
田園之美；一面縱容
一隻一隻永無饜足的大怪獸
不斷吞噬大片大片良田綠地
淪入萬劫不復

我不能。絕對不能
我已積壓滿腔憾恨和憂慮
近乎絕望。再不起而捍衛
繼續耽溺在徒然的悲嘆
那將令我無比羞恥
連寫哀傷的詩句都不配

我的詩，寧願穿著簡便的輕裝
和爲了維護美
挺身而出的人們，站在一起
呼喊、戰鬥
縱使聲音傷痛沙啞

——原載二〇一三·二·六　聯合副刊

附註：「短暫的權力，乘以無窮的貪欲」引自席慕蓉詩句。

問答題

什麼叫做故鄉？
是永遠生長在我心靈深處的山川大地。
什麼叫做大地？
是此生都絕不會捨我而去的豐美記憶。
什麼叫做記憶？
是種子是根莖是枝葉是花朵也是果實。

什麼叫做果實？
是喜是悲是笑是淚是生命給的一首詩。
什麼叫做一首詩？
是歷經災劫猶在默默護持著你的母土。
什麼叫做母土？
是回首時才知疼惜的遠方已空無一物。

——二〇一二・十一・二十一

大地哀歌

——寫給一位孤獨的詩人

短暫的權力乘以無窮的貪欲
才是你要對抗的夢魘和災劫
他們卻始終不懂　你的初心

成則爲巨大的汙染源
敗則爲永世的廢墟
你說　所以我們要奮力一搏
爲了這一處日夜懸念的

海邊家鄉

而今　如果（我是說如果）
眞的把這個禍害驅逐出境外了
在另一塊預定地之上　還能不能
還會不會有詩人如你
奮起高呼　來拯救他深愛的
即將萬劫不復的故鄉大地？

——二〇一一・四・七

猿踊

——是何人為何將一株菖蒲取名「猿踊」？

空白的畫布在等待我的落筆
空白的人生有多少畫面已不復記憶

我與一叢又一叢的菖蒲對坐而無語
繁花似錦　暮色逼人
遠去的跫音終於不復可聞
只有時光在我們之間
騰躍而過　水聲濺濺

那是昨天　那是從前　從前在水邊

——二〇一三・十一・六

湮開的詩

那年的百合花開滿在夏日深山
我們的青春
如黑夜裡的火把才剛剛點燃

月光下　山風翻動著沉埋的歲月
想要說出　是的　是的
你不記得了嗎？

我們曾經向夜空歡聲吶喊
搶著宣示　自己
對明日的狂想和期盼
是誰說的　這一生
這一生實在太短

你不記得了嗎？

立霧溪急切地向前流去
有人步履蹣跚　走過河岸

你不記得了嗎？
這曾經是你寫給自己的

一厚冊悲歡交纏日以繼夜無止無盡的詩集
時光切割後的　回音
已成斷句
是的　世路茫茫果然多歧……

——二〇一三・十二・十

記五十年後，與大學同窗好友宣廣、國宗，三人重回太魯閣。

流動的月光

徜徉在慈悲的母懷　祖先初生之地
我該如何把這個夏至的夜晚
寫進一首詩裡？
是要試著把自己的悲喜從中剖開嗎？
一半給今晚的月色　一半給你？

不是。你說

沒有一種美不是牽連著
許多更早更遠的訊息
沒有一種巨大　不是起始於
許多細小的凝聚
眞誠的靈魂　唯有傾聽自身
如泉源出自泥濘的幽谷
行走在祖先的土地上
或許　會有一首詩在等待著我們

穿過落葉松之間的小徑
再穿過細瘦的白樺林
有馴鹿安歇之處橫斜著斑駁樹影
萬物皆由天賜　不容矯飾

且任那山風拂過吧
好來牽動詩中的每一個字
你說
素樸的初心從不說謊　一如今夜
那在天穹高處何等冰清玉潔的

流動著的月光……

——二〇一四．六．二　端午，
記寫去歲在大興安嶺北麓，與好友共度的夏至之夜。

初心

——再訪曼德拉山的岩畫群

我們群居　終於有了信仰
卻還想再說些什麼

那些句子　來自亙古
來自初心烙印的疼痛之處
是熔岩冷卻之後猶存的
滾燙的　記憶
遂在向陽的山坡上

選好了從山脊上跌落的那些
巨大又平滑的石塊
（與周遭灰濛的土石相比
那久經日晒的深黑表層是強烈的誘惑
是難以拒絕的召喚）
日復一日　世代接著世代
我們隨著朝陽前來
在各人的位置上坐定
拾起尖銳的礫石　如筆
將所有深藏著卻又不時衝撞著的意念
一筆一畫地　慢慢磨刻成形

（曾是蒼翠的密林瞬間被冰河覆蓋

瞬間　再成爲沉陷的古海
曾是浮起的戈壁　曾是游離的霧靄
曾是狂風捲起的每一場暴雪
每一顆柔細的沙粒
曾是　那個寂寞空茫的世界
自己對自己的輕聲低語……）

從一開始　我們就明白
這磨刻的過程　絕不能淪於一種競賽
無關速度　無關聲名
而是初心裡的敬畏　愛慕
以及悠長與緩慢的等待

相對於宇宙星辰的邈遠路途
你們此刻的到來　並不算太遲
是的　我們也不過才是
剛剛離開　在這向陽的坡頂上
剛剛寫下了幾首　溫暖的詩

——二〇一五・四・二十五

發光的字

總有那麼一日
讓我能找到　一首
好像只是爲了我而寫下的詩
讓心不再刺痛　讓自己
在瞬間　好像就已經完全明白

如蒼天之引領萬物
錯落的詩行由詩人全權散布

請看　那夏夜的群星羅列
彼此相隨　在詩的軌道上
我們的世界如此緻密　如此深邃

總有那麼一日吧
那些發光的字　終於前來
爲我　把生命的雜質濾淨
把匕首　挪開

——二〇一五・二・二十一

篇三　軌道上

致：席慕蓉

林文義

第七本詩集出版之日
蒙古女子帶書回蒙古

靈魂早歸故鄉的雙親
一定微笑的從大草原
最遠最遠的地平線那端
向妳挪近　也許騎著栗色馬

青春無怨地成了往事
故鄉是否開遍七里香
摺疊的愛在海之北
夢如果不再就留下詩吧

長長的詩紀念英雄
短短的詩寫給愛人

蒙古女子帶書回蒙古
第七本詩集出版之日

——賀席慕蓉新詩集《以詩之名》而作，
原發表於《中華副刊》二〇一一・八・十五

軌道上

是進入　然後穿出
一個又一個幽黯的洞穴
回聲巨大　明暗猙獰交錯
有黑影不斷從側方奔來　作勢撲打
再緊貼著耳邊擦過

（這一切　暫時都可以置之不理）

是誰的許諾　說　美景在望
每一次
每一次都是這樣

所以我們佯裝鎮定與歡欣
無所事事地對坐著　等待
只是等待
在燈光明亮的車廂裡
等待那終點的　即將到來

——二〇一二・九・九

動詞的變化

——途經 Parc de Léopold, Bruxelles

原來　此刻的你
獨自站在世界的邊緣　也只能
是個微笑著的旁觀者了

這世界分明還是跟昨天一樣
又是初夏季節　帶著草木的香氣
有微風　有雲朵
有年輕的戀人相擁著從街頭走過

一切都如此相像
眼前的光影迷離而又熟悉
是的　是的　你是在重臨舊地
必須在心中不斷溫習著動詞的變化
從「遇見」到「遇見過」
從「我有」到「我擁有過」

這樣難道就是一生了？

從「我愛」到「我也曾經愛過……」

——二〇一二・六・八

名詞的照面

——訪臺灣史前文化博物館偶遇

（一）海相化石

可是　他們應該也不過是尋常的生物吧
在敻遠的光陰裡
過著重複　平淡　平凡的日子

（好像從前所無法領會的一切
如今卻悔之不及地一一了解）

鸚鵡螺　二五〇〇萬年前　中新世
滿月蛤　一〇〇〇萬年前　上新世
扇貝　……　……
靜靜展示在我眼前
是珍貴又完整的收藏
時光　在其中
彷彿呼之欲出　毫髮無傷

一直不知道要如何解讀的
日裡夜裡　那些
總是會突然浮現的記憶
此刻終於爲它們找到了一個名字
是何等貼切的形容與解釋

（一座博物館的費心營造
難道　只是爲了
要以更權威的姿態來向我宣告？）

原來　我愛
我們曾經共有的一世　在此
與鸚鵡螺　滿月蛤和扇貝並列
已經被命名爲　海相化石

（二）海漂植物

爲了分離　所以我們要不斷地訓練自己

好來承受大海的波濤起伏
以及　越漂越遠之時
那心中莫名的酸楚

在彼岸落戶之後　無人聞問啊
這集體的鄉愁
新生的嬰兒長得飛快
或許　有一日　我們會在岸邊目送
越離越遠　越離越遠
屬於他們的　命定的漂流

（越離……………越遠
越……………遠……遠　　……遠）

（三）孑遺動物

或許孤獨　但我並不知曉
因爲無從比較
曠野上沒有任何可以追尋的蹤跡
山谷中　只有回音在不斷地干擾

果眞再也無人與我是同一科屬了嗎？
冰河期早已結束
每當月明之夜　我將是
這整個世界裡的
唯一會嚎哭的動物

——二〇一二·三·二十七
成稿於台東鹿野易日得

人生轉向

我所屬的愛　還在
只是夜夜潛行於黑暗中
護衛　那已熄的光
已滅的火
已停滯的　夢
如銅雕的匠人
將生鐵翻轉

將餘年　鑄成
一層又一層沉重堅硬又冰冷的　披風

——二〇〇四．六．二十二

夢在窺視

夢在窺視　自無有之界
自月光下的田野
夢在窺視　山坡上連綿的相思林木
枝葉細密　光影重疊
一株株復現自記憶的深谷
夢在窺視　舊日庭園悄然移近

蓮荷的花苞依然閉鎖著在等待黎明
前院的茉莉香息幽微
窗內　年輕的伴侶正相依著入睡

夢在窺視
從那如葉面般微涼又柔滑的
細細肌膚開始
從豐厚濃密　觸手又極為光潔的黑髮開始
繼之以夏夜清涼的棉質枕蓆
反側之間　輕柔的愛撫與私語
小小的寧靜宇宙屬他們獨有
以為才是開始的開始
卻不知　夢已在窺視　無休無止

夢在窺視　那些四處散落
微小如塵埃般　不易察覺的幸福
一如　那些
不易察覺　卻已在逐漸開始的結束

新置下的庭園空白荒蕪
丈夫在後院植滿玫瑰
她卻在牆邊種下太多株的槭樹
繼之以茉莉　曇花　蓮荷
以及日後年年豐收的芭樂和蓮霧

南國的土地豐饒　幾個春天一過
綠繡眼就可以在槭樹上築巢

月圓的晚上　曇花如期綻放
那強烈的芳馥　是懇求是召喚
讓她在滿月的輝光裡忽覺茫然
披衣在花前好像是充滿了歉意的致候
充滿了疼惜的陪伴
驚醒了的丈夫在屋內輕聲喝斥
「是半夜呢！回來吧。」
她遂帶著曇花的香氣回到臥室
溫順地躺臥在他的身旁

夢在窺視　夢在窺視
這個痴狂的女子其實正悄悄微笑
靜待丈夫重新入眠　或許

她還想回到曇花之前共此良宵

夢在窺視
一個曾經眞實存在過的世界
夢在窺視
一段曾經安靜擁有過的歲月

每晚　丈夫都在桌前研讀
孩子們上床之後　如果有月光
她常會來邀他去田野間散步
曲折的阡陌　彷彿通向無限的未來
夏夜清涼　冬季也無妨
年復一年總會是地久天長

總有幾叢芒草在月光下輕輕晃動
總有一雙堅實的臂膀來將她擁入懷中
偶爾回頭向小屋張望　窗前
爲熟睡的孩子留下的燈光
遠遠看去　顏色是溫暖的柔黃

夢在窺視
窺視她如何在夢中已恍然這只是一場夢
生死重逢　不敢稍有驚動
他溫熱的手掌握力依舊很穩很強
只是指甲好像又該剪了
正思忖著如今要怎樣修剪才對
忽然想起　不是　不是都已成灰？

夢在窺視　自無有之界
自月光下的田野
窺視她如何在夢的邊緣還抗拒著結束
窺視她如何渴望一切還能再
緩慢地重複　再重複

夢在窺視　夢在窺視

窺視她也曾熱烈地活在其中的當時
窺視　這一切
如何在生命裡無聲無息地
退後　消隱　流失

夢在窺視
自無有之界　自月光下的田野
……

——二〇一四・一・十

篇四　餘生

你的族人

——寫給席慕蓉

陳克華

夢如鷹隼，從妳舉高的小臂起飛
妳便召來一匹駿美座騎
縱身草原獵取妳目光所及的一切——
那時候，風依著草浪
微微掀動了先祖們　土地一般廣袤的記憶

（先祖們必然都還記得妳
還有妳不記得的　所有的族人……）

當長夜墨黑如煙
抖擻的營火跳躍在橫越臉頰
同時也橫越歐亞的疤痕上——
戰士們的靈　曾將睡中的妳高高舉起
讓星斗低懸至妳的眉睫
聽妳祈禱：
請爲我召回我失散的族人……

在駝鈴低吟至無聲的手機畫面
在星光照耀如白晝的虛擬山巔
在風沙沉重如鉛粒的都市漠地
在淚水痛下如冰雹的水泥家園

——妳看不見的族人們早已集結好迎接妳的隊伍
妳聽不見的族人們早已傳遞著辨別妳的暗號——

妳只需來到
妳眞的，眞的
只需要，在妳思想的曠野
騎著一匹馬兒夢一般地來到……

——二〇〇四·三·九

現代畫像石

沒有了文字的文字
沒有了語言的語言
沒有了支撐的支撐
沒有了草原的草原

沒有了信仰的信仰

是的　這就是我們的畫像

在沒有了今日的今日
有誰知曉
那無聲的劇痛　無形的創傷

——二〇一一·六·九

請給我一首歌

請給我一首歌
帶引我回到那遼闊的無人之地
請給我一首歌
讓我的靈魂悄然與自己　相遇

請給我一首歌
彷彿遠去的歲月忽然紛紛復返
請給我一首歌

讓我在暗黑的路上也不覺孤單
請給我一首歌
是母親含笑前來夢中將我擁抱
請給我一首歌
聽風聲穿過故土上千年的松濤

請給我一首歌
使我不得不含著熱淚歡聲喝采
請給我一首歌
是令人心碎又萬分感激的天籟
請給我一首歌吧

這一生
不都在等待著與它應和

請給我一首歌吧
好讓我　終於可以深深地記得
這壯美的高原
這無盡的山河

——二〇一二・三・二十六　初稿
——二〇一五・五・二十六　修訂

彎曲的河岸

——致吾友鮑爾吉・原野

激流河　額爾古納河　海拉爾河……
草原上　每一條河流
都竭盡所能地在轉換著流向
迴旋　往復　從不遲疑卻也不逞強
蜿蜒前行　這閃著光的曲折路徑
除了河流母親　還有誰
如此渴望去哺育去潤澤每一株牧草的心

克魯倫河　莫爾格勒河　希喇木倫……

彎曲的河岸有細密的青草在細密地長
時時隨風傾斜　鋪展成起伏的波浪
像是在聆聽　從風中傳來
那古老的長調摺疊著千年的喜悅和憂傷
如果順著青草傾斜的方向　更低　更貼近

親愛的朋友　我們
就會聽到河流心跳的聲音

土拉河　鄂爾渾河　鄂嫩河……

如果我們願意靠近
就會看見清澈的河水映著天光
白雲朵朵擠滿在流淌著的河面上
是的　如果我們願意靠近
就會聽見河流母親溫柔的叮嚀　她說
給我們的孩子寫珍貴的歷史吧
拿起筆來　寫眞正屬於自己魂靈的故事
寫地老天荒的神話　寫英雄　寫凡人
寫大自然的變動　寫和諧　寫戰爭
寫帝國的興滅　寫故土的深沉
寫風　寫雲　寫駿馬　寫河流心裡的話

閃電河　額濟納河　額爾濟斯河……

湍急或者和緩　無數的大小河川
從東往西　從南向北　在我們的草原上
是無止無盡的彎曲河岸
蜿蜒前行　這閃著光的曲折路徑
除了河流母親　還有誰
如此渴望我們能聽見她心跳的聲音

反覆叮嚀　拿起筆來　拿起筆來
拿起筆來吧

就在此刻　只有此刻

我們非拿起筆來不可
沿著彎曲的河岸　準備記錄　準備轉述
親愛的朋友啊　讓我們拿起筆來
趁記憶尚未成荒漠
趁心靈尚未乾枯……

——二〇一四・五・二十一

狂歡鶴

我已抵達
正試著　把枷鎖卸下
久違了的高原　無窮無盡的空間
是我永世深藏
如今終得一見的故鄉

輕微的聲響

是羽軸在摩擦　振動
再稍一起伏　遂搧起細細的風
是誰的設計　生命的結構如此縝密
愛與溫暖的牽連只在這一瞬之間
彷彿只要層雲裂開就自會有灑下的月光
彷彿這裡是我從沒離開過的地方

長久被囚禁的渴望正一一釋放
心魂　隨著羽翼向周遭無限擴張
伸展　再伸展

（切莫遲疑　要相信
那個最初的無邪的自己）

且來揮動這原本就是屬於我的
一雙　可以自在騰飛的
巨大的翅膀

眼前是何等遼闊的天穹與大地
何等飽滿的孤獨　且全然
無涉寂寞
在此無垠的廣漠之上
我是　我是
我是那唯一的
重　獲　自　由　的
　狂
　　　歡

鶴

——二〇一四・十二・六　月圓之夜。

附註：「一隻加拿大的狂歡鶴，需要一百六十畝的土地才能感覺到快樂，一個人所需要眞正能夠感覺到自由的空間，應該是無垠廣漠……」——殷海光（1919-1969）。

有人問我草原的價值

不遠千里而來　向我鄭重提問
他說　他代表了許多許多人
要我解釋　就今日的世界而言
那遠在北方的草原
究竟　還有些什麼存在的理由和價值？

（末日之門已經開啓　黑暗中
億萬隻蟲蟻的鱗翅正在熱烈顫動）

請等一等
讓我先來發問
如果你一向習慣用右手寫字
是不是　就可以讓左手從此消失？
如果你反正也察覺不到自己的肝和肺
是不是
就可以任由它們日漸枯萎？

（最深的海溝會有多深？
最驕傲最貪婪的人心　會有多愚蠢？）

要多巨大的痛苦才能讓你們止步？

要多慘烈的災難才能將你們阻攔？
末日之門已經開啓
難道　沒有一個人願意知曉
地球如你也需要呵護　需要疼惜
更需要一個完整的生命和身體

或許
這樣的毀滅
在宇宙間早已是不斷重複的歷史
末日之門已經開啓
還來得及明白嗎？
那即將被吹散的所謂人類的存在
以及　那如微塵般飄浮著

我們猶在心心念念盤算不停的

所謂　價值

——二〇一三・五・十四

我家隔壁

——三訪鄂倫春博物館有感

是的　朋友
博物館就在我家隔壁

那裡懸掛著　我們大薩滿的神鼓和法衣
爺爺從前打獵用的木槍
奶奶採集和烹煮時　不同的大小容器
我父母在昨天還放在手邊的那些東西

（樺樹皮編成的簍子　盒子
手繡的菸荷包　口弦琴
掛在弟弟搖籃上的小神偶
我的麅皮靴子　還有
我一直找不到的麅皮繡花手套）

現在　已經分門別類地加了許多註解
展示在明亮的玻璃櫃裡

是的　朋友
博物館就在我家隔壁

超過三十萬的新住戶早已陸續在此定居

宣稱這裡已是他們三代的家鄉
更別說有工廠將木耳蘑菇裝箱外銷
還有酒廠送整卡車的零工上山採集
採得一車又一車的莓果好來釀酒
再加上那些滿山偷採偷伐偷獵的惡客
讓林中最後的生靈已無處可躲
餓死了的黑熊拿來做成標本
僵立在燈光下　竟然還有人讚嘆
說是威風依舊啊　栩栩如生
博物館於是越蓋越大
還新闢了展廳誇言要重現森林文化

（森林不是都給他們運走了嗎？

只剩下　細瘦的再生白樺）

博物館就在我家隔壁
是的　朋友

用電動火苗拼湊成的篝火在場中翻捲
配樂是六十年前錄下的民歌
講解的鄂倫春女孩已經不會說母語
卻無礙她用流利的漢話向你介紹
說　這音樂是何等珍貴的資料　只爲
曾經傳唱了千年又千年的歌詞
今日族中　已再無一人知曉
只覺得旋律歡快輕盈　彷彿在讚頌

這連綿的松林　春如碧玉秋似黃金
鄂倫春人從不曾離開過這座巨大的山嶺
我們的祖先在史書上留言：
「沒有比這更美好的生活，
也沒有比我們更快活的人。」

如今　給一個只剩下兩千人的珍稀族群
準備了如此豐美完備的文化展演
眞可說是煞費苦心
朋友　看你全神貫注　想是不虛此行
該向你揮手作別了（當然會帶著微笑）
滿足了你的好奇　卻一次次提醒了
屬於我們的疼痛和空虛

是的　我還活著　卻已無所歸依
我還活著　一切怎麼都已在博物館裡？

（當然　我們還可以繼續住在隔壁
住在祖先留下來的土地上
直到老耄　直到死去　直到
這一座以我們族群命名的博物館
終於有了　存在的意義……）

——二〇一三・八・九

《沒有墓碑的草原》

——敬致作者大野旭教授

往昔　草原是沒有墓碑的
死去的親人與大地成爲一體
是合葬　也是重生
來年芳草遍野　是文化深處
對大自然的孺慕與疼惜

如今　草原也是沒有墓碑的
遍野都豎起了蠻橫的鐵絲網

大自然的循環被迫斷裂　走向死亡
所有的生命最後只能與文化合葬

其中原由　後人
或許可以從你的書中探究
而我們的悲傷呢
那時會在何處　在何處隱藏？

——二〇一三・四・十三

餘生

前天下午　終於把雲青馬也給賣了
那個南方來的馬販子還直誇　是匹好馬
而我把韁繩交出去之後
就再也不敢回頭　不敢回頭看牠

昨天夜裡　去打了點兒酒
順手就把馬鞭丟在西街巷底　忘了
是一個什麼人家的門背後

今天早上　來了個客人
他說是替博物館收購的
叫我別擔心　以後想看我的馬鞍還有
只要買票入場　那個民族博物館
就蓋在城東的十字路口

現在的我　應該學著做個體面的城裡人了吧？

可是　老弟啊！
我想你是不知道的　在我的心裡
還有許多　許多條活著的蛇啊！
帶著北方的寒氣和怎麼也不肯走遠的

悲傷記憶　牠們纏著我咬著我
悄悄地和我說話

（悄悄地　牠們不斷責問：
你還有沒有心肺？有沒有靈魂？
你沒聽見那匹老馬的蹄聲
停了好幾次嗎？　那天
好歹你也該轉身向牠揮一揮手吧？
……
什麼博物館？　有一次才剛進去
你不是找個門就逃出來的嗎？
那滿牆滿屋子的馬鞍啊！
不是讓你心裡堵得直犯疼嗎？

……）

唉！我說老弟啊！
總說蓋起了樓房是要我們過舒服日子
其實想一想　我和我的馬鞍十分相像
現在都塞在一個小小的洞穴裡
離開了馬　離開了天空和大地
布滿灰塵　不言不語
靜靜地等待那最後最後的　結局

——二〇一三·四·十三

伊赫奧仁

——沒有一面路牌，

願意為還活著的居民和旅人指示方向。

在我們深愛的大地之上
今夜　篝火終於重新燃起
卻是遍尋不見那莊嚴的身影
森林和曠野一片靜寂
所有的神祇　都已遠離
所有的薩滿啊
都已死去　都已安息

（孩子　你錯了
死去的不是我們
是一整個族群的信仰和記憶）

帶著九十九位騰格里天神的旨意
曾經走遍高原　顯現神跡
知道過去也通曉那無盡的未來
通人言也通獸語
在篝火之前　在艱難的世間
指引族人尋找自己的位置
是我們無限尊崇的導師
曾經可以和萬物溝通的薩滿啊

難道眞的已經走入歷史

（孩子　你錯了
沒看見嗎　就在你眼前
火星點點開始碎裂　雀躍
火苗舒展　如千種祈求的手勢
是因爲火母已經降臨
那像夕陽一樣通紅的灼熱神靈
正在慢慢靠近）

不然　那一襲做工繁複佩飾沉重的神衣
爲什麼會懸掛在博物館裡
那面令眾人戰慄的神鼓

還有成串的腰鈴　銅晃鈴
這些神器曾經發出震人心魂的聲響
在暗夜裡　在熊熊的篝火旁
隨著薩滿迅疾的舞步曾經閃閃發光
如今都被棄置在展示櫃的一旁
喑啞　疲憊而又憂傷
一切都已遠去
只剩下我們還徘徊在櫃外
欲去又還　欲親近欲稍稍觸摸而不可得
心內千迴百轉　深深埋藏著
無人能察覺的孤單

（孩子　你錯了

我們其實從未離去你也並不孤單
沒有什麼好害怕的　只要你記住
孟克騰格里是永生的蒼天
不會讓我們失足
伊赫奧仁是仁慈的大地是我們的母土）

怎麼能不害怕呢
就在我們身邊　就在一瞬間
整片草原的胸膛被無情地翻開
成爲面積廣大的露天煤礦
這樣不顧一切的毀滅
只是爲了短短幾十年的經濟報償
而那不分晝夜　不限地界

人群和機械蜂擁而至的行動
也只是爲了天然氣源頭的盲目探勘
遂一次又一次地
將草原的心臟和身軀深深刺穿
這萬里江山　究竟由誰來掌管
難道無人疼惜這珍貴大地
這是伊赫奧仁　是亙古以來
一直在哺育著我們的母土
如今已萬劫不復
這無數的猙獰傷口　這痛苦的顫抖
如果必須由我們來承受
爲什麼　始終不見一人前來
給我們一句回答

給我們一個勉強說得過去的理由

（孩子　你錯了
文明帶來的災劫並不止於一國一族
所謂進步　所謂改善
並沒有包括人心的貪婪
放眼望去
這周遭的世界已是日暮窮途
多少人還在追趕著要攀上文明的巔峰
唯一的眞相　應該只是
沒有比無知更爲堅定的破壞與阻隔
沒有比所謂的文明啊
更爲野蠻的掠奪）

是的　如薩滿所言
到最後　無人可以倖免
這世界原是個血肉相連的整體
我們的哀傷　如果
是預見了未來的絕境
我們的呼求
在此刻卻無人願意聆聽
蒼穹靜默　諸神遠離
孤單的我們也開始懷疑
不得不自問
這樣的堅持究竟還有什麼價值
有什麼意義

（孩子　你錯了
那亙古的日月和星辰依然明亮
時光悠長　其中的堅持
遠遠超過你的想像
如果就這樣放棄了信仰
你們不就更加一無所有
更加徬徨）

有微弱的呼喚從何處傳來
聽　是誰
是誰在召喚著游牧的子民
來吧　今夜我們不是就學會了

如何點燃篝火
在火光之旁　就別再含淚對望
來吧　且以這年輕的新生的火舌
點燃起屬於自己的古老信仰
祈求翰得罕・噶拉罕
有著如紅絲綢一般面龐的
最爲年輕的火焰之后　灼熱的
火母皇后啊
帶領我們去重新尋回
那看似渺茫的希望和方向

（這就對了　孩子
你們雖然自覺軟弱

以爲無論是沉著或勇猛都不如先祖
我可以預見的卻是
從心靈深處到身體髮膚　你們
將來必然會長得與他們極爲相像
把自己的信仰點燃起來吧
疼惜人類　也疼惜萬物
在這危機四伏的世間
去尋求眞正的歸屬
眞正的　心安之處）

聽　是誰在召喚著游牧的子民
聲聲叮嚀　要我們記住記住
孟克騰格里是永生的蒼天

在生命的懸崖之前　祂的訓示
以雷鳴般的迴響
警示我們免於失足
伊赫奧仁深遠遼闊　無邊又無際
是世世代代　歷經了無數災劫
仍在哺育著我們的大地
是七十七位地母的金色居處
是游牧子民深愛的　並且誓願啊
永不背棄的母土

（可是　爲什麼依然有疑惑深藏在心
即使我們願意堅持願意相信
當一切都已灰飛煙滅

明日　還有誰
還有誰能聽見我們的聲音）

——二〇一〇・五・二十九

2015年夏　克什克騰　李景章 攝

篇五 英雄組曲（二）

大雁的傳說

——致席慕蓉

滿全

1

北方是張望故鄉的方向
北方是一部美麗的傳說
北方是眼淚傾洩的方向
北方是呼嘯而過的怒箭

2

訴說祖先的榮耀時，天也沉默地也沉默
尋找聖主的勇士時，天也無言地也無言

徘徊於王朝的廢墟等待誰的降臨啊
碧綠的草原早已變成一片滾滾黃沙

今夜朝拜聖主的蘇力德
默默祈禱，秋風難以吹乾如注的淚水

向誰訴說心中的痛楚啊

童話般的故土，早已變成遙遠的記憶

今夜獨自痛飲烈性的酒時
四周一片漆黑，北風徐徐
擦乾滿面的淚水尋覓虛假的喜悅
父親留下的悲歌依然迴盪在天邊

不知沉默的河水，該向哪條方向流淌
久久徘徊於銀月之下，路途依然迷茫

3

烈性的駿馬，聲聲呼喚著無畏的主人
大海之盡頭有我父親的草原母親的河

——二〇一〇·十一·四　東京

英雄博爾朮（1163-?）[1]

（一）

是因爲　一陣微風拂過
吹開了他額前的亂髮
還是因爲一束穿透雲層的陽光
突然照亮了他的臉龐

微帶風霜　稍顯疲累

卻絲毫不減損那少年的英武和高貴
他遠遠策馬向你走來
如鷹鵰之掠過曠野　而曠野無垠
那是個微寒的清晨　世界剛剛甦醒

那是個微寒的清晨　日出之後
青草的香氣還帶著露水的滋潤
你們家的大馬群靜靜散布在草原之上
十三歲已滿的你
正在辛勤工作幫騍馬[2]擠奶
他遠遠策馬向你走來
還沒開口詢問　那凝視
就點燃了你的心魂

博爾朮啊　博爾朮
史書裡還特別指出你是個俊美的少年
可是　眼前的他
卻是眼中有火　臉上有光的好男兒
擁有你萬分渴慕的英雄氣概
忽然　你只想追隨他馳騁萬里走遍天涯
從來沒出現過的種種豪情壯志
此刻滿溢在你年輕的胸懷

你們眼神相觸的瞬間
山川寂靜　萬物稱慶
喜悅的訊息已經傳遍
蒼穹高處

九十九尊騰格里神都在微笑祝福

博爾朮　你可知道
堅此百忍　來到你面前的是少年鐵木眞
失去了父親的他　歷經艱險四面受敵
幸而有賢能的慈母和互相依靠的幼弟
不想　在三天前
僅有的八匹銀合色騸馬又遭賊人盜去
循著草上的痕跡　追趕了三天三夜
終於　在此遇見了你

博爾朮　你多麼慶幸可以出手相助
你說：

「今天清早，太陽出來以前，
有八匹銀合色騸馬，從這裡趕過去了。
我指給你蹤跡。」[3]

剛要舉起手來　才發現
裝滿了馬奶的皮奶桶還沒有放下
也罷　也罷
既是要給人帶路　就連家也不回
把皮口袋紮起來放進芨芨草堆
又讓鐵木眞把那禿尾巴的甘草黃馬換了
騎上一匹黑脊梁的勇壯白馬
自己也挑了匹快馬　毛色淡黃
就此往前路出發

人在鞍上　你才回頭說話：
「朋友！你來的很辛苦了！
男子漢的艱苦原來一樣的啊！
我給你作伴吧。
我父親人稱納忽·伯顏。[4]
我是他的獨生子。
我的名字叫博爾朮。」
鐵木眞也向你說出
逝去的父親名諱是伊蘇克伊[5]
自己的名字是鐵木眞　還有四個弟弟
別勒古台　合撒爾　合赤溫　帖木格
和一個小妹妹　帖木侖
原野的陽光已逐漸有了暖意

你們並肩策馬往前方奔去

你把馬群　皮奶桶子
和種種牧野的工作都拋在身後
這是第一次　你品嘗到友誼的醇酒
博爾朮　你可知道
在你身旁　在鐵木眞的心中
也湧動著同樣甘美的暖流

三天三夜之後　尋到賊人的聚落
二人合力　把八匹銀合色騸馬趕出賊窩
暮色裡　有人還在身後追趕
你想用箭把他們驅散

鐵木眞卻說：
「爲了我，恐怕使你受傷害，
我來廝射！」
說著就回身拉弓瞄準
那懾人的氣勢令匪徒心中懼怕
就藉著天色已暗　互相勸告
紛紛將身體往後一仰　止住了自己的馬

你們二人　日夜兼程
又三天三夜之後
終於回到了你溫暖的家
鐵木眞想要分幾匹馬給你　作爲酬謝
博爾朮　好男兒

你的回答多麼明朗多麼熱烈：
「我因爲朋友你來的很辛苦，
我爲要幫助好朋友，才給作伴。
我還要外財麼？
我父親是有名的納忽·伯顏。
納忽·伯顏的獨子就是我。
我爸爸所置下的，我已經夠了。
我不要！
不然我的幫助，還有什麼益處呢？
我不要！」

喜孜孜地走進家中
卻遇上涕淚滿面的納忽·伯顏

六日六夜無望的尋找
不知心愛的孩子遇上什麼凶險
如今迎面走來正是心心念念的嬌兒
父親在狂喜之際　看你倒像無事人一般
忍不住責備了幾句
博爾朮啊　博爾朮
喜悅淹沒了你　竟然說出
和往日完全不同的話語：
「怎麼啦！
好朋友辛辛苦苦的前來，
我去給他作伴，
現在回來了。」
說完之後　賭氣重新上馬去到野地

六天前匆匆置放的皮奶桶和皮斗子
還在隨風搖曳的芨芨草叢裡
只有它們　才知道小主人心中的秘密
去時還是個備受疼愛不知世事的少年
歸來後　已經過一番成長的歷練

其實　在你身邊
你父親也看見了孩子的轉變
博爾朮啊　那默默端詳著你的眼神裡
有七分驚喜　卻也有三分落寞
幼鷹的雙翅羽毛已豐滿
正在試著撲飛開展
他面對的將是浩瀚的藍天

愛子離巢　這滋味亦苦亦甜
應是爲人父者必須接受的禮物吧
且來爲此而歡宴

在宴席之上　在雙親面前
博爾朮　你與鐵木眞結爲安答[6]
他長你一歲　應稱兄長
而你滿心歡喜成爲他的義弟

在這個晚上　星輝閃亮
鐵木眞緩緩向你說出他的想望
這次回到家中之後他還要有遠行　只爲
有一個美麗的女孩曾經與他訂親

那一年鐵木眞只有九歲　孛兒帖十歲
父親將他在女孩的家中留下
溫柔的孛兒帖與他才剛彼此熟悉
鐵木眞卻又不得不倉促離去
是因父親在歸途中被塔塔兒世仇所毒殺
當時年幼難以抵擋許多困境
如今誰也無法攔阻他的決心
不論要付出多少時光多少力量
千山萬水　他也要去尋回自己的新娘
讓孛兒帖來到身邊之後
他才能開始往更遠處去細細籌謀

星光下　鐵木眞和你相約：

「一切都妥當之後，
我會讓別勒古台前來接你。
博爾朮，我珍貴的安答，
希望你能幫助我，給我力量和勇氣！」

黎明　鐵木眞告辭之時
你的家人已經爲他做好了準備
殺了一隻特別肥壯的小羔羊
充作路上行糧　又把裝滿了各種吃食的
皮口袋和皮桶子都馱在馬上
臨別之際
納忽．伯顏以父輩的摯愛
說出了草原上每個父親都深藏著的期許

他說：
「你們兩個年輕人！
要互相看顧，從此以後，休要離棄！」

鐵木眞離去之後　博爾朮
這時間分明在與你爲敵
冬日步履蹣跚　走得更慢的是春寒
清晨替騍馬擠奶的時候
總忍不住要抬起頭來向遠方張望
遠方　卻只見寂寥的曠野
起伏的牧草間只有自家的馬群和牛羊
十五歲的那個夏天　雨水充沛如新泉

馬群肥壯　馬奶溢香
同樣的清晨　同樣的日常工作
同樣的一抬頭　博爾朮啊
你心跳加快喜出望外
騎著一匹銀合色騸馬　那人
穿著青色的袍子　繫著金黃的腰帶
遠遠向你奔來的應該就是
鐵木眞兄長的信使　別勒古台

終於結束了啊　這悠長的等待

趕快　趕快
珍貴的安答在呼喚著我呢

騎上一匹拱著脊背的甘草黃馬
在馬鞍上匆忙綑了一件青色的毛衫
如此迫不及待地你就離開了家
這次　還是沒去向父親說一句道別的話
博爾朮啊　博爾朮
可知從此前行將是千里萬里的征戰生涯

或許　你深信
父親不久一定會明白
草原上的訊息傳得很快
他會知道　有兩個年輕人從沒忘記
從沒忘記過他的期許
在此後的一生裡

都是互相看顧　從不離棄

歷史的開端在草原深處
從此行去　將是烈燄灼身殺戮遍野
但也不得不相信　浩劫之後
多少思想的千年桎梏開始鬆動
多少文化　得以分享彼此的泉源和火種
橫跨歐亞三千萬平方公里的廣袤疆域
一個無人能及的大蒙古汗國如旭日般昇起
一切　都只源於
兩個少年的相知和相惜

是的　博爾朮

所有的一切都肇始於那個微寒的清晨
日出之後
你　遇見了鐵木眞

（二）

一生信守諾言
成爲忠誠的友伴　永不離棄
這樣的理想　即使是在平安的歲月裡
恐怕也並不容易

博爾朮　少年的你
卻是從一開始就捲入了爭戰的狂潮

幾乎不得止息

記得　那是剛與鐵木眞作伴不久
三部的篾兒乞惕人　集合了眾多兵力
乘你們不備　前來侵襲
驚醒時曙光才初現　弟兄們倉促上馬
奔向不峏罕山上的幽谷深處
不料　乘車隨後的孛兒帖和老僕豁阿黑臣
卻因斷裂的車軸　在中途　陷入了敵手

連著幾日夜層層的馬隊逡巡
敵人把不峏罕山繞了三次
卻怎麼也無法穿越那些濃密的叢林

他們說　也罷　也罷
這是連吃飽了的蛇
也穿不過去的地方嘛
既然今日已將鐵木眞的新婦擄獲
我們就算報了世仇　回去吧
不必再費事去尋找他
那些愚蠢的篾兒乞惕人　當時
竟然就從山中退下　回到各自的家
他們不知大禍已臨頭　前路盡處
死亡的濃雲密霧早已布好了埋伏
於是　就來到了那場不兀剌川之戰

在三部的篾兒乞惕人眼中
鐵木眞身邊　只有幾匹馬幾個少年兄弟
根本沒有任何能力來還擊
卻沒料到　不久之後
竟然會有四萬人馬的隊伍彷彿從天而降
全來到不兀剌川地方　一夜之間
撞塌了他們的門框和氈帳
摧毀了宿營之地的種種堅固設防
把篾兒乞惕百姓殺得四處奔逃哭號
完全不能明白　只是
只是搶了一個女子而已
怎麼就會把這滅族之禍惹上門來

是的　一切都是爲了一個女子
勢孤力單的鐵木眞　卻即刻向外求援
先有父輩的至交王罕和他的兄弟
答允各出一萬兵力
再有童年的安答　札木合
親自領著兩萬兵馬　前來相助
這是鐵木眞一生裡的第一場戰役
一切都是爲了美好端麗的孛兒帖
自己的愛妻
作爲她倚靠終生的男子　怎麼能
怎麼能就此讓她被敵人所占據
在驚慌混亂的篾兒乞惕流民之中

博爾朮　你緊隨著鐵木眞縱馬馳走
聽到他在鞍上向四方高聲呼喚
「孛兒帖！孛兒帖！」其聲熱切
幸好那夜月光明亮　照得四野清朗
孛兒帖有老媽媽豁阿黑臣的陪伴坐在車中
她先是聽到了丈夫的聲音
再遠遠認出鐵木眞座騎的轠轡
於是下車奔上前來叫著他的小名
鐵木眞狂喜下馬
將失而復得的孛兒帖迎入懷中

在這頃刻　一切淡出
剛才還是幾萬人廝殺的戰場

忽然間消隱了影像和聲息　月光下
彷彿只有這兩個年輕的戀人
這一對　在劫難之後緊緊相擁著的夫妻

手不離戰刀　環顧周遭
博爾朮　你依然保持著警戒的狀態
可是　爲什麼
會有熱淚從你眼中不斷滴落下來
剛才在近身激戰之時　胸膛與臂膀
是有了幾道撕裂的傷口
此刻的疼痛　怎麼卻是來自柔軟的心頭
博爾朮啊　博爾朮　可知

這也是你生命裡的第一堂課
關於失去所愛時的那種無告與酸辛
關於戰爭的血腥氣味　殺戮的恐怖與無情
原來　爲了必勝爲了復仇
眞正的男兒可以幾日幾夜不眠地籌謀
懇求聯盟不怕低頭　不辭奔走
終於能衝入敵營之時　那拚死的搏鬥
這些變動中的種種應對　好像
都是你從來沒有見過的鐵木眞

卻又在心中自問　或許　這才眞正是
初遇之日　眼神在瞬間就震懾住你的
那同一個人

（三）

不兀剌川之戰　讓少年英雄聲名鵲起
果然不愧是乞顏部的高貴血脈啊
鐵木眞的執著與勇氣
草原上眾口相傳如風拂過草浪那般迅疾
勇士們帶著長弓和箭筒　來了
百姓帶著他們的兒女和氈房　來了
牧羊人帶來了羊群　還有小牛犢
牧馬人帶來了勇健的馬匹　還有小馬駒
乞顏部的貴族也輾轉尋來　高車上
帶著重禮　心懷裡帶著更貴重的期許

追隨的人群和氏族一日比一日增多
英雄的氈帳旁　人們懷著敬意遠遠走過
然後再隔山隔水地環繞著他住下
年復一年　自成聚落
各自轉換著四季的營盤卻不曾散去
儼然已是一個日益興旺的團體
終於　所有的人聚集在合剌——只魯格山
在山前的闊闊海子[7]舉行了會議

這裡是鐵木眞多年來的一處宿營地
在幼年失怙的困境裡　飢餓的小兄妹們
靠著母親在斡難河邊奔走

揀些野果挖些野菜來日夜餬口
這樣的孩子也逐漸長成　膂力過人
轉過身來要奉養母親　他們的
美麗堅強的訶額侖夫人
史書上說　孩子們學會用火烘彎了針
去釣細鱗的白魚　學會用繩纏結成網
去撈河中的大小魚群
直至來到闊闊海子之時　他們一家
依然困乏　身邊並無牛羊
只能以捕到的土撥鼠和野鼠爲食糧

歲月輾轉　這宿營地深藏了多少悲歡
然後　也是在這汪澄澈的湖水旁

青年鐵木眞迎娶了他的新娘
而世事變幻　有誰能料到
今日　眾人卻在此鄭重立誓
推舉鐵木眞
爲蒙古本部的可汗

這年是已酉　西元的一一八九
乞顏部領袖伊蘇克伊英雄之子
鐵木眞即了大位　他剛剛滿二十八歲

這一日晴空萬里　映照著
闊闊海子的湖水更顯光潔碧綠
微風穿過湖畔的青蔥林木　鳥雀爭鳴

眾人同聲立下了盟誓　再無貳心
願策群力　爲久已無主的蒙古
打下團結的基礎
願追隨我們的可汗　從此日開始
去求那九分的榮耀
去尋那世間唯一的圓滿

博爾朮　爲了分享這難得的時刻
你和妻兒們原是在歡呼的人群中遊走
忽然聽見可汗在呼叫著你的名字
他招手要你和者勒篾兩人快快上前
站在他的身邊　之後
以可汗之尊　領布了第一道詔示

任命你們二人爲眾人之長
統管一切的事務

可汗說：
「你們兩個，
在我除了影子，
沒有別的伴當的時候，
來做影子，
使我心安！
你們要永遠記在我的心裡！
……」[8]

博爾朮　你當下聽命而行不作推辭

忠誠二字的眞義　理當如此
不過　你們之中無一人能夠預知
所求的榮耀　會有多巨大
所盼的圓滿　將是何等燦爛
而在這一切之前
你們即將走上的長路
卻絕對是　千般的辛苦啊　萬般的艱難

多年之後　當我們翻讀史書
暫且不計那些零星的戰役與衝突
從一一八九到一二〇六
從闊闊海子湖畔　再走到斡難河的源頭
從此日諸多蒙古氏族的效忠開始

到終於建立了統一的大蒙古國爲止
史家已爲我們一一列表　至少至少
這迢遙的開國之路
還要再歷經九次驚心動魄的戰爭
還要再有　無數勇士的流血和犧牲

跟隨著鐵木眞　走上這條長路
博爾朮　你是一如既往地義無反顧
如今雖貴爲衆人之長
每逢爭戰　卻依然身先士卒
以自身的忠誠和勇猛一路行來　已經
使你成爲草原上　篝火旁
許多傳說裡的英雄人物

他們說
鐵打的英雄博爾朮　智勇兼備
卻總是不顧自身的安危
在與敵人鏖戰之際　突然竟繫馬於腰
雙手持刀　凝立不動
又或者是橫衝直撞　奔前逐後
只為要時刻堅守在可汗的左右
又說　有一戰　風雪迷陣
為了尋找鐵木眞
你竟隻身潛入敵方陣營　幸得安返
想是騰格里神憐你這忠心赤膽
還有　那次在荅闌捏木兒格思之戰

與世仇塔塔兒人纏鬥不休
夜間宿營　止於中野
與大軍音訊一時斷絕
已經失去了氈帳又天雨雪
可汗臥倒於地極爲疲憊
爲了讓他能夠安睡　你和木華黎
二人遂手舉著擋風雪的氈裘　在雪地裡
雙腳不曾挪動地站立了一整宿

不是沒有二三弟兄想前來替換
只是就怕驚醒了好不容易才入眠的可汗
你用眼神斥退了他們
心中堅信　就憑你和木華黎兩個人

也一定能支持到破曉　到清晨
儘管在灰茫一片的曠野上
紛飛的雪花落地之後　越積越厚
早已超過你的腳踝　正逼近你的膝蓋
逐寸　逐分
而長夜漫漫　萬籟無聲……

博爾朮　這冰寒的一夜
是你和木華黎同心又沉默的堅持
卻溫暖了整部蒙古民族的歷史
若是那時你的老父親還在
聽人如此轉述　一定會笑開懷
果然不愧是我納忽·伯顏的好兒子啊

從不曾忘了父親的訓示

（四）

再艱難的道路也有盡頭
時間終於走到了 一二〇六

綏服了所有居住在氈帳裡的百姓
眾人在斡難河源舉行了庫里爾台大會
立起了察罕蘇力德九斿白纛
以白色代表元始與幸福
以九　爲數目的極高
再恭請可汗登上寶座　敬獻

「成吉思可汗」這極爲尊貴的稱號
讚頌其智慧與聲威
如海洋般的深沉遼闊　廣無止境
一統大國　國名爲
「也赫・忙豁勒・兀魯思」
是的　這就是大蒙古國
這年是虎兒年　丙寅
我們的可汗正當四十五歲之齡
他的皇位永固
他的子民　永享吉祥與安寧

在寶座之上　可汗降下聖旨
首先感謝　所有參與建國的有功人士

將他們一一指名
策封爲九十五個千戶的那顏
又降聖旨說　對有勳勞的更要加給恩賜

於是　博爾朮　再一次
可汗差人命你和木華黎覲見
宣示你們兩人今後要居於眾人之上
九次犯罪不罰
可汗命你掌管右翼
做以阿爾泰山爲屏蔽的萬戶

這一日　正是
汗國初立　眼前正有千頭萬緒

坐在寶座之上　面對著你
可汗卻緩緩說起了那年少時光
好像身邊這辛苦得來的一切
都可以　暫時先擱在一旁
博爾朮啊　博爾朮
在這一刻
他只想與你一起　將往日細細丈量

從你十三歲那年
如何幫助他去尋回了那八匹馬開始
那八匹銀合色的騸馬啊
原來還一直深藏在可汗的記憶裡
其實　博爾朮

你自己又何曾有一日忘記

可汗還說起
當三部篾兒乞惕人來偷襲的那次
年少的你們如何被圍困的事
幸好有不峏罕山的保佑
那時的憂急與悲憤
恍如　還在心頭
幾十年的時光　怎麼已匆匆流走

可汗說他原本還可多舉出你的英豪實證
或再一一宣揚你的勇武事蹟
但是　在今日

他最感激你和木華黎的幫助就是：
「兩個人催促我做正當的事，
直到做了爲止；
勸阻我做錯誤的事，
直到罷了爲止。
這樣使我坐在這個大位裡。」[9]

榮華加身　汗國初創
此刻一人高坐在寶座之上
成吉思可汗卻對你
說出如此親切　如此眞誠的話語
博爾朮啊　博爾朮
世間何處能尋得這樣的親兄弟

你可知道　博爾朮
世間也沒有這樣的好君王
他已經高坐於寶座之上　卻還想
還想與你　重溫那年少的時光

登基之日　如你所見
可汗先對每一位身邊的伙伴當面褒揚
細數他們的功績
開國四傑　是你博爾朮　木華黎
博爾忽　和　赤老溫
開國四大將　是忽必來　者勒篾
速不台　以及　神射手哲別

兩位先鋒將軍是主兒扯歹　和
忽亦勒答兒　由於後者已因戰傷而亡
可汗又降聖旨說：
「因爲忽亦勒答兒『安答』在廝殺的時候
犧牲自己的性命，
首先開口請纓的功勳，
直到他子子孫孫都要領遺族的賞賜。」[10]

對其他陣亡將士的遺族
可汗也是同樣的待遇
更可況是身旁一路同行的伙伴
是的　終其一生　由於可汗的誠摯
在他的麾下　從無一個背叛的部屬

千軍萬馬之中　所有追隨的臣民
都能感知　可汗的眞心愛護

博爾朮啊　博爾朮
世間也從無任何一位開國的君王
曾像他一樣懂得感恩
開國之後　你可作最好的見證
我們的可汗　沒有誅殺過一個功臣

（五）

汗國初立　眼前有千頭萬緒
可汗先命失吉・忽都忽爲最高斷事官

又降聖旨說：
「把全國百姓分成份子的事，
和審斷詞訟的事，
都寫在青冊上，造成冊子，
一直到子子孫孫，
凡失吉·忽都忽和我商議制定
在白紙上寫成青字，
而造成冊子的規範，
永不得更改！
凡更改的人，必予處罰！」[11]
可汗再降聖旨說：
「以前我僅有八十名宿衛，

七十名散班扈衛。
如今在長生天的氣力裡，
天地給增加威力，
將所有的百姓納入正軌，
置之於獨一的統御之下。
現在給我從各千户之內，
揀選扈衛、散班入隊。
宿衛、箭筒士、散班要滿一萬名。」[12]

又說：
「不要阻擋，願到我們這裡，
在我們跟前行走共同學習的人。」[13]

汗國初立　眼前有千頭萬緒
對內　所有的典章制度正逐步審愼確立
對外　則派忽必來和速不台兩位大將
去將未滅的餘亂掃蕩
又命哲別　追襲乃蠻的末汗之子屈出律
三者之師皆全勝而還
唯獨四傑之一的博爾忽
一二一七年　受命征伐豁里禿馬惕部
夜間在林中偵察　竟橫遭敵方哨兵所殺
惡耗傳來　可汗既痛且怒
即刻整軍要去爲兄弟復仇
博爾朮　是你和木華黎百般勸阻
請他以大局爲重　如今必須先想到國家

可汗才終於改派朵兒伯・多黑申前去
命他嚴整軍馬　務必將賊人格殺
朵兒伯・多黑申不辱使命　勝利回師
可汗爲此而祭天
博爾朮　在眾人呼求騰格里神降臨之時
你也俯首悼念俊傑博爾忽的英年早逝
想他生前　多麼喜歡以鷹鶻出獵
不知　現今的他
是否正如一隻重返蒼穹的海東青那樣
雙翅平展　在天際翱翔
自在而又歡暢
博爾朮啊　博爾朮

此刻這居於塵世間的你　卻還在
還在　還在征戰的長路上

建國前一年　一二〇五　首伐西夏
之後再屢次征討　可汗曾言
只有先消除此一後患
方能掃除吐蕃　再開拓滅金之道

金國　是我蒙古世仇　欺壓擄掠
在國人心中所積累的憾恨與屈辱
已是太多太久　爲此
建國之後　可汗親率大軍
已三次南征西夏　又三次伐金

殲敵無數　奪得城池更多
眼見勝利在望　卻不料
另有鬱雷起自西方

事緣西鄰的花剌子模　沙突厥王朝
有一顢頇的穆罕默德蘇丹舉止失措
他的部下貪財　誣殺了蒙古商隊
四百四十九人含冤葬身在異鄉荒漠
五百峰駱駝馱著的珍寶盡失
還有一封可汗致花剌子模的國書
也不知下落　黑夜裡
只有一人隻身奔逃回蒙古　向朝廷泣訴

按捺著怒氣　可汗細聽了大臣的分析
決定再派使者重訪花剌子模
申明　若此事與蘇丹無關
就請將肇事者交出　兩國貿易即可恢復
不想這穆罕默德蘇丹自毀其國
竟又斬殺來使
眼看末日將臨啊　將臨的末日
終將陷無辜的百姓於水火

博爾朮　你並不知曉
多年之後有史家志費尼的那一隻筆
他已是花剌子模的劫後遺民
供職於伊兒汗國　在大汗旭烈兀的宮廷

曾在書中宛轉訴說這末日的光景
他說　當時的花剌子模百姓
突然間遭逢大難
不知命運怎麼轉變得暴戾如此
遂將這布滿羅網的地方稱作「人世」
把災難的陷阱叫做「時光」
把傷痛的中心啊　名為「心臟」[14]

而普天之下　誰人又能明白
我們的可汗　原是真心忍讓
努力避免再多起戰端　卻橫遭拒絕
遂先在一二一八年年末
鄭重召集了庫里爾台大會　決定西征

首先全國動員　徵召青壯入伍
範圍從阿爾泰山一直到渤海之濱
又與多國聯軍結盟
最後總兵力達到二十三萬人
隨軍並有軍醫　技師與工兵
博爾朮　由於與金國和西夏的交戰
可汗與你　已深知攻打城池的種種必須
改進後的投石器　撞城器　火焰發射器
還有弩炮等等　都隨炮兵一起前進
每個戰士　亦帶有三到四匹備馬同行
一如慣例　每人也備有兩套順手的武器
終於　準備完成
集結的時間　定在一二一九年的春天

大軍出發之前
成吉思可汗先將南下繼續攻金的重任
交給了左翼萬戶木華黎
封他爲太師　國王　並賜金印
以少弟斡惕赤斤留守　管理大營
以孛兒帖可敦留守　管理宮廷
可汗身邊是忽蘭可敦同行照料
並指定三子窩闊台　爲汗位傳人

大軍的前哨已有三萬兵丁先行
由大皇子拙赤與將軍哲別帶領
可汗的身旁則有三位皇子隨軍護持

然後　博爾朮
可汗命你這右翼萬戶　統籌一切
在西征的道路上擔當重任
做他跟前最審慎和最重要的那個人

博爾朮啊　博爾朮
你和可汗從年少時就已結爲安答
彼此心中如日月般相互映照光華
一二一九年的這個夏天　誓師出發之前
兩兄弟其實早都有了白髮　年近花甲
可是　眼前有什麼能攔得住你們呢
只要雄心還在　正如可汗所言：
「攀登高山的山麓，

指向大海的渡口。
不要因路遠而躊躇，
只要去，就必到達。」[15]

是的　博爾朮
西去的征途不明深淺　不知距離
只要　只要雄心還在
你的任務就是去解開這所有的謎題
且來派出智勇兼備的前哨部隊
先去踏察勘探　任你是千山萬壑
是泥淖還是戈壁惡地　我們都能了然於胸
有關季節或民情的細微變化
也在掌握之中　久經征戰的勇士們啊

儘管高舉起復仇的旗幟　策馬前行吧

一二一九年秋初　大軍主力
在也兒的石河畔舉行了盛大的祭旗典禮
阿剌魯國　畏兀兒國　契丹和哈剌契丹
各國聯軍的統帥們也都在場參與
祭奠威猛的戰旗哈剌蘇力德
也就是漢文史書所稱的黑纛或鎮遠黑纛
是從古遠信仰中就已存在的聖物
是氈帳之民所敬畏的「靈魂的靈魂」之旗
和平的歲月　永遠供奉在蒼天之下
而當災劫一起　復仇之師在出征之日
就要舉行愼重的威猛大祭　以馬血祭旗

當血點飛濺　噴灑於哈刺蘇力德之上
那黑色的纓穗就會更顯蓬鬆　彷彿有生命
在陽光照耀中甦醒　閃閃發光

博爾朮啊　博爾朮
那是戰神的永恆之魂重新來臨
血的溫熱　血的腥羶　將祂從沉睡中喚醒
請聽　鼓聲如雷　激起眾人心中萬丈豪情
請聽　勇士們正以長歌讚頌　山鳴谷應
「你年輕的面容煥發著火燄的光芒，
你威猛狂烈　具有無比巨大的力量，
我們向神聖的蘇力德膜拜祭奉，
請讓我們擊退黑暗邪惡　定國安邦！」16

典禮完成　隨即出發　取道阿爾泰山
沿途與各聯軍陸續集結　飲馬於賽里木湖
在波光瀲灩的湖水旁　可汗登臺點將
於是　這支舉世所知從未曾有的復仇之師
殺戮極重　犧牲也極爲慘烈的
蒙古大軍第一次西征　於焉開始

（六）

然則　在大軍能夠「策馬前行」之前
要先派出多少工兵去鋪平這漫漫征途
我們後人在此只舉一例　來說明其中艱苦

從最初的也兒的石河到錫爾河的五百公里
連綿的高峰嵯峨　峽谷深不可測
先要有工兵在阿爾泰山雪線之上鑿冰開道
博爾朮　這裡你是請太子窩闊台督導
同時　在天山山脈險要之處
也有二皇子察合台率領工兵
在陡峭的山壁上鑿石修通棧道
在難以飛越的溝壑之間
竟又構築了整整四十八座牢固的木橋
非親見者不知其艱難
博爾朮　唯你深諳
若是沒有這些先期的準備　如何能讓
浩蕩的大軍通過　直趨錫爾河的東岸

先後抵達了錫爾河流域
西征大軍卻又分爲四路進擊
謎般的行蹤　種種的出其不意
再加上無人能抵擋的威猛騎兵和射手
那來去如飛的迅疾　還有
還有見所未見的攻城利器　狂石如雨
巨響如雷　烈燄騰飛　無堅不摧的戰力
花剌子模的軍隊只能節節敗退　難以招架
顢頇的穆罕默德蘇丹此刻才既驚且懼
卻又聽不進皇子札闌丁的勸告
只顧自己奔逃　最後
輾轉藏身在裏海中的一座孤島　憂病而亡
悔恨交加　死前才取下自身的佩刀

繫在札蘭丁的腰間　改立他爲太子
知道　唯有此兒才會以復國爲志

是的　博爾朮
在你隨可汗西征的六年時光之中
置身於生死在一髮之間的戰場
也曾經遇見　不少臨危不亂的可敬的敵人
卻從沒看過像這個札蘭丁　末世蘇丹
如此勇猛無懼到震懾住你的心魂

博爾朮　你記得最清楚的那一幕
於一二二一年十一月二十四日演出
父已死　國幾滅　復起又已兵敗

札闌丁的右翼左翼都已覆滅
中軍也傷亡慘重　被蒙古大軍嚴密包圍
逼困在印度河河畔的高崖之上
只因成吉思可汗想要將他生擒
遂有令　不許放箭
全軍頓時靜止　停駐在河邊
初冬　有風　高崖之上風勢更是狂猛
仰望只見這花剌子模的末世蘇丹騎在馬上
靜止如銅像　只有凌亂的衣衫與長髮飄揚
他身後已無退路　充塞著
密密麻麻卻又寂靜無聲的詭異兵卒
眼前是深不可測的大河　波濤暗湧
這就是眞正的末日了嗎

博爾朮　在這萬物靜默掩目的片刻
連你都因爲同情而不禁心中微微顫痛

啊呀　卻不料
札闌丁忽然轉身向後　舉起刀劍與盾牌
單人匹馬　往敵軍陣營廝殺
蒙古守軍紛紛退讓　遂清出一片空地
足夠他旋轡　棄胸甲　面向印度河
策馬側身俯首疾奔　由懸崖上一躍而下

啊呀——
每一個旁觀者的驚呼聲中都充滿了讚嘆
幾乎是由衷地盼望　他的一躍得以圓滿

成吉思可汗急忙下令　不許任何人追趕
於是　英雄札闌丁
帶著危險的高度　帶著風聲　帶著水聲
還帶著所有旁觀者的敬意與祝福
躍入水中　激起浪柱高聳

如此勇者　大河也不忍將他淹沒
最後　札闌丁只以一把刀　一支旄旗
和一面盾牌出水　上岸　從容乘馬逃脫

望著遠處那孤單的背影和零散的追隨者
成吉思可汗感慨萬分
遂轉過頭來　對身邊的諸皇子說：

「爲父者應有這樣的兒子！
因逃脫水和火的雙漩渦，
他將是
無數偉績和無窮風波的創造者。」[17]

博爾朮　你就站在可汗的身邊
從他那深沉的感嘆裡　已經知道
英雄與他的座騎那驚世又壯美的一躍
從此　在你們兩兄弟的心中
將會重複又重複地出現
襯著印度河上的藍天　襯著懸崖
還有那狂風獵獵　已成永恆的畫面

你不得不自問　博爾朮
僅此一瞬
難道就是三人曾經命定的　交集和遇見

這場激戰之後
花剌子模的軍力已被完全摧毀
先前　不論是新都薩馬爾罕　還是
舊巢玉龍杰赤　均已降服
眾皇子也屢傳捷報　平定城鎮無數
大蒙古國的版圖　至此已向西擴至黑海
雖然幾經搜索　札闌丁行蹤依然成謎
但大局已定　蒙古西征復仇行動已告完成
可汗遂在西域各地

廣設達爾花赤　即鎮守長官之稱
以監督當地臣民　並負訊息流通之責
再派哲別　速不台兩大將軍率三萬騎兵
向北越過高加索山脈　執行偵察任務
大軍前行　直達博斯普魯斯海峽
並跟蹤欽察人的部隊　擊潰
早已解體的羅斯公國散漫的殘存勢力
沿頓河伏爾加河而下　又滅不里阿耳
軍威赫赫　攻無不克　如入無人之境

一二二四年　諸邦平定已無大事
可汗思歸
遂從印度班師回國　其間有數月

在額爾濟斯河駐夏
等待哲別與速不台兩位將軍　東來會合
卻不料　英雄哲別於凱旋途中病重
最後歿於鹹海西康里境內
忠勇軍魂　只能隨他的鞍馬
他的阿拉格蘇力德　回返故土
而另一位開國元勳木華黎　也在前一年
南下伐金之時病故

一二二五年春　剛返抵草原懷抱
在土拉河畔　行裝甫卸
可汗即率諸大臣與西征將領換乘健馬
前往不峏罕山祭天

感謝騰格里神的庇護
並爲　所有在征途中犧牲的戰士祈福

是的　博爾朮　六年的征戰
多少青春健壯的身軀埋骨在異鄉
無論是將軍　或是兵卒　如今都成國殤
只有魂魄默默歸來　四處徘徊
而在遠方　還留有他們未曾寄出的書信
信中字字都是思鄉的衷情
博爾朮　你可知道
七百年之後　也就是西元一九三〇年左右
一首寫在樺樹皮上的蒙文詩
在伏爾加河畔出土　字跡有些已經模糊

有些還很清楚　曾被仔細摺疊置於懷中：
「慈愛的媽媽，我要回家，
現在是春天季節，綠草遍地；
我知道有許多人，正要回家，
我慈愛的媽媽……」[18]

博爾朮啊　博爾朮
在祭天之時　你想必也曾爲這些英雄
這些夭亡的弟兄們深深禱祝的吧

而那些　那些倖得生還的將士們呢
歷經千般錘鍊終於得以歸來的將士們呢
這凱旋二字　就是閃亮的勳章

就是先來享盡種種狂歡的滋味和獎賞
再來卸下盔甲　騎上駿馬
把憑著沉著勇猛所得來的一切榮耀光華
把出生入死而烙印在身軀上的大小傷疤
把征途中見所未見　聞所未聞的奇遇
都帶回去　帶回去　帶回到溫暖的家

這一年的夏季　風特別柔　草特別綠
山巒嫵媚平緩　往四方無限開展
天地何其廣闊又不設阻攔
可以任所有的生命　自由來去

這裡　才是氈帳之民渴望的久居之地啊

但願從此長相廝守　永不再有別離

（七）

可是　這靜謐安詳的時光何其短促
一個冬天之後
博爾朮　雖有你的極力勸阻
成吉思可汗依然開始數點人馬
準備又一次的　南征西夏

博爾朮　其實你也明白
沒有多少時間可以慢慢等待
西征之前　西夏態度傲慢拒絕出兵襄助

如今又聽聞已和金國重締盟約
好來聯合對抗蒙古　或守或攻勢態不明
兩國相加的軍力　也要重新估計
若不先發制人　恐怕對蒙古不利

一二二六年的秋初
可汗遂親率十萬大軍　征討西夏
分東西兩路出發　另有一支後援部隊
由二皇子察合台指揮　隨大軍跟進

但是　在征途上遇見了惡兆
由於時序已進入冬令　初雪已降下
可汗的東路軍開始圍獵野馬群

卻不料　野馬奔竄　擦身而過
使可汗座騎受驚　因而將可汗摔下馬來
當夜就紮營住下不再前行

第二天早上　隨行照料的也遂可敦
向在宮帳前敬候的諸位皇子以及大臣報告
可汗身體疼痛　還有發燒
請大家商議一下　究竟如何是好
有人提議可以暫時回師
等可汗痊癒　再來征伐也不遲
眾人也都同意　稟奏上去
我們的可汗卻不以爲然　他說
敵人屢次出言不遜

此時撤退　必會被他們看輕

於是　可汗依然親率主力出東路
攻占黑水城　在賀蘭山前有一場激戰
大獲全勝　生擒了那個驕傲的將軍阿沙敢布
讓他用自己的雙眼看清
山前他的營盤裡　此刻　已無一生靈

戰爭繼續　勝利也在繼續
一二二七年一月　西夏軍主力已全滅
可汗親率大軍渡過黃河
攻陷了多座城池　戰績輝煌
可是　眼前有一場艱鉅的生死拔河

卻是由不得可汗自己來作主了

博爾朮你知道那個嚴苛的時刻已近
那年是閏五月　苦於早來的暑熱
可汗到六盤山駐夏養傷　卻不見好轉
可是　這是最關鍵的時刻　爲了拔除後患
他已經用了二十三年的時間　六次征戰
英雄必得要親自見證這最後的一幕
六月　西夏末主失都兒忽出降　處斬

一二二七年陰曆七月十二日
成吉思可汗崩於薩里川哈剌圖之行宮
計在位二十二年　壽六十六

（八）

博爾朮　大悲無言
還能再說些什麼　什麼能說盡此刻
那些後悔的話　一無助益
那些思念的言語　多麼空虛
眼前　唯一能做的事
就是去審慎安排所有的細節
如何奉柩回歸蒙古　如何挑選護柩的士卒
爲了安全　在這一段時間裡
如何不讓可汗的崩逝爲他人所知
博爾朮啊　博爾朮

且來把全部的心神都集中在此

其實　可汗早在生前就與你有了約定
是在哪一個時段呢　當然是比較早的從前
那時候　你們兩兄弟還正當盛年

有一次　秋高氣爽
策馬緩行在鄂爾渾河流域中部
那一片無邊邊際的金色草原之上
兩人談起匈奴　談起回鶻
還有那幾個曾經在此建都的　汗國興亡
可汗忽然停住了馬　往遠方久久眺望
然後微笑著回過頭來說　讓我們來相約吧

約定　在將來　當然是在將來
兩兄弟之中　必然會有一人先行離開
留下來的那個　就要負責祭祀
還要讓世代子孫
都能記住　這一位先走的安答的名字

雖然　有些驚詫於這個約定未免太早
「死亡」這件事　好像還沒有任何徵兆
不過在那天　一如往常
你還是很爽快地作了回應
只爲　鐵木眞安答一向比自己深思熟慮
他的許多想法後面　總是有著依據

博爾朮啊　博爾朮
果然　今朝　這別離突然來到眼前
你才知道那個秋天其實離此刻並不算遙遠
還有　還有關於安葬的地點
是在正當意氣風發的盛年　結伴出遊之時
我們的可汗竟然也早已作了揀選
他親自指定的身後長眠之地
是在一棵獨立的母親樹下　在三河之源

斡難　怯綠連　土剌　這三條大河[19]
發源於不峏罕・合勒敦諸山之中
早些年　應該是早在西征之前的歲月裡

可汗與你　有時候帶著皇子們
有時還有者勒篾和木華黎幾個兄弟
六月間　新葉初發之時
常循山中幽徑試馬　隨意行走
只爲享受林木間草葉的清涼和芳香

但是　你們從來沒有見過那樣的一棵巨木
獨自生長在群山之中
周圍沒有一棵其他的樹　只有芳草遍野
那是一處開闊廣大的平原　連灌木也無
高高的蒼穹之下　只有她
只有她傲然挺立　根深葉茂　樹冠華美
你們不自覺地被她吸引住了

要有多少年的時光才能長得如此巨大
更要有多麼強的生命力才能活得如此健壯
越走越近　心中充滿了孺慕之情
是的　這就是氈帳之民所崇敬的母親樹
靜默偉岸的樹幹　清新繁茂的枝葉
在在都是爲向世人顯示　生命不憂不懼
這宇宙間的一切本是生生不息

那天　可汗最爲欣喜　流連不去
當你們都已起身往周圍探看的時候
他還是一個人坐在樹下沉思默想
陽光透過翠綠的碎葉把光點灑在他身上
我們的可汗　我們的可汗啊

博爾朮你從沒見過他這般的神采
如幼童之棲息於母懷　極爲寧靜安詳
但當他向你望過來的時候
那內裡的熱情卻使他目中有火　臉上有光
你心中一動　這不是多年前的那個少年嗎
可是　耳旁卻聽見　可汗說：
「我們的最後歸宿應當在這裡！」[21]

博爾朮　想必是承受了內在生命力的撼動
使得英雄在最爲光華燦爛的年齡
卻預見了死亡的來臨　但是他不憂不懼
接受了母親樹的教誨
依然不放棄對這個世界的信仰和期許

於是　你謹遵可汗生前的託付護柩前行
待大軍回返蒙古　方才通告全國
諸宗王　公主　統將等從汗國各地
千里萬里奔喪而來　有的旅程長達三月
只爲向可汗獻上他們最誠摯的悼念

盛大的喪禮舉行完畢
博爾朮你與諸皇子和大臣重返三河之源
進入不峏罕·合勒敦群山深處
尋到了那一片廣闊的草原
將可汗葬在那棵巨大的母親樹下
讓英雄的軀體　重歸母懷
而他的魂靈　將永遠與山河與子民同在

是的　博爾朮
不僅僅是你的後代　都記住了可汗的名字
你可知道　在這世間
從來沒有一位君王能像他一樣
八百多年來　全蒙古的子孫無一日或忘
我們敬他如父　如君　如神祇
一直到今天　我們的成吉思可汗啊
還溫暖地活在每一個子民的心上

（九）

阿爾泰山果然是處不可多得的好地方

無邊遼闊　無限豐腴
應是可汗疼惜你這個兄弟
當年　一開始就把它賜給了你
做爲你和子孫們　可以永世享有的封地

而如今　又匆匆過了多少年的光陰
成吉思可汗早已仙逝
博爾朮你也鬚髮俱白歸隱於此
除非窩闊台可汗遣使者來相詢
你已不再過問世事
所幸老身尚健　偶爾
和乖巧的小小曾孫孟克同行
在草原上並肩馳騁一番　也頗能益壽延年

這幾天　秋高氣爽
你們老小兩人相約出訪去看看山川模樣
小孟克說　額倫徹爺爺[21]
今天可以走遠一點　在山谷的另一邊
他見過一群野馬常來徜徉

果然　轉過一叢疏林遠遠就看見了牠們
攜兒帶女的馬群正聚集河邊準備涉水而過
細碎的波光在河面閃爍
其中　有兩匹銀合色的小馬駒忽然躍起
就在淺水的岸邊互相追逐嬉戲
牠們長大了以後一定會是勇健的好馬吧

此刻　光只是看那活潑的姿態
就讓人不自覺地滿心歡喜

「額倫徹爺爺，額倫徹爺爺！」
忽然聽見小孟克在身旁呼喚
側過頭去　就看見這孩子紅紅的臉龐
原來　他想問你一個問題
據說已經爲此納悶了好一段時光
他不明白　爲什麼每次見到銀合色的馬匹
你臉上就會充滿了笑意
並且　一定跟隨著牠們望去久久凝神不語

是這種馬的毛色特別稀奇嗎？

小孟克說　其實他自己並不覺得
這種淺淡發亮的黃色
會有多麼美麗

博爾朮　你回神望向這個孩子
他的聲音　還帶著童稚的幼嫩嬌氣
他的臉龐　還是小男孩的模樣
可是　幾天不見
那騎在馬上的身軀怎麼卻已暗暗抽長
他有幾歲了呢　十一　還是十二
聽說　已經會跟著家人
出外參加行獵的活動了

原來　就在自己身邊
這生命是擋不住地往上長啊

秋陽下　小孟克的眼眸特別明亮
你心中忽然一動念　於是驅馬向前

博爾朮　你對他說
讓我們往家的方向慢慢騎回去吧
好孩子　你的問題很有意思
額倫徹爺爺答應你　在回家的路上
一定會給你一個合理的解釋

草原上有風拂過　帶著些微的寒意

是的　博爾朮　這一切
一切的一切啊
都要從那個微寒的清晨慢慢講起

——二〇一五・十一・二十一午後
成稿於臺灣的北海岸山間

附註

1 博爾朮的生卒年代有許多不同記載，我在此依據的是博爾朮第三十四世子孫哈斯畢力格圖先生的說法。他說博爾朮比鐵木眞小一歲，一一六三年出生。但是卒年比較不可考，有人說比可汗早離世，有人說比可汗晚，並享高壽。哈斯畢力格圖先生贊同後者之說。

二〇〇九年八月，現居內蒙古呼和浩特，享有「內蒙古民間藝術大師」稱號的哈斯畢力格圖先生回鄉祭祖。同行有他的長子那日素（三十五代）、姪孫撒切爾圖（三十六代）、重姪孫薩那汗（三十七代），一家四代回到了蒙古國肯特省巴圖諾日布蘇木。當地的族人帶他們去到了八百多年之前兩個少年初遇的草原，一望無際的草原有個名字，叫「古呼鄂日塔拉」，漢文意譯爲「鼻煙壺草原」。二〇一四年五月，我有幸與哈斯畢力格圖和那日素兩位先生在日本富士山麓相聚。在我們的閒談中，那日素先生忽然悟出，他對我說：「我們在二〇〇九年的那個夏天曾從高處遠眺，草原的形狀下大上小，是像個鼻煙壺。可是，更像是皮奶桶啊！」

2 騍馬就是母馬。

3 在我這首詩的第一篇章中，所有的對話內容，都依照《蒙古秘史新譯並註釋》（札奇斯欽譯註，聯經版）一書中的漢譯原文重現。除了鐵木眞在星光下與博爾朮相約的那幾句話是我自己揣想的以外，其他都是載於史冊中的文字。如果讀者願意去翻讀這本史書，會發現在記述這一次相遇的六個章節之中，連幾匹馬的毛色與體能都有形容。而在同書中，有些極爲重大的事件，執筆者卻用兩三行甚至只有兩三句就帶過去了。

4 「伯顏」，札奇斯欽教授直譯爲「財主」。

5 鐵木眞父親的名諱，一直以來，我所知的就是這三個音譯的漢字「也速該」。學者黎東方還在他的《細說元朝》書中開過這個名字的玩笑。直到我看見故宮博物院院藏的「元代帝后像」中，成吉思可汗畫像旁記寫的帝王名諱和在位時間等等的文字，才知道在清朝（或也可上溯到元朝）的官方版本裡，是這樣寫的：「元太祖皇帝　即青吉思汗諱特穆津在位二十二年父曰伊蘇克伊是爲烈祖皇帝……」。「伊蘇克伊」的字音，與原來蒙文名字的發音更爲貼切，又不會有「也速該」三字所隱藏的惡意，所以我從此都改用「伊蘇克伊」了。

6 「安答」即爲「結拜兄弟」之意。

7 「闊闊」爲「藍色」或「青色」之音，海子即爲湖的古稱。所以有的書中把蒙音轉爲漢字「呼和諾爾」，也有的直譯爲「青湖」。此處引用札奇斯欽教授的譯名。

8·9·10·11·12·13此六段文字皆出自《蒙古秘史新譯並注釋》聯經版。而註11中的「青冊」，就是世界知名的《成吉思可汗法典》，亦即《大札撒》，或西亞史家所指的《大雅撒》。

14 語出《世界征服者史》，【伊朗】志費尼著，內蒙古人民出版社。

15 摘自可汗嘉言錄。

16 摘自《蒙古族祭祀》，賽音吉日嘎拉編著，內蒙古大學出版社。

17 摘自《世界征服者史》。

18 摘自《蒙古文學史話》，孟·伊德木札布著，中華文化叢書，中央供應社發行。

19 三河河名今譯爲鄂嫩、克魯倫、土拉。

20 語出《史集》，【波斯】拉施特主編，北京商務印書館發行。

21 即「曾祖父」之意。

22 尼瑪先生認爲「銀合色」蒙文原字漢音爲「夏日格」，是黃色偏白，發亮。有點像成熟的麥田那種顏色，有書譯爲「慘白」，並不準確。「銀合色」也有些勉強。但我在此遵循札奇斯欽教授的譯文。

23 書中關於戰爭的記錄，除其他古籍外，得內蒙古大學出版社近年出版的一套《蒙古族全史》中的《軍事卷》上卷幫助甚多。此《軍事卷》共分上、中、下三部，由胡泊先生主編，義都合西格教授所贈，謹致謝意。

24

一首詩，不容我盡言。在此，要補充說明的是，在當日，鐵木眞和博爾朮所處的時代，蒙古高原上有近百個大大小小疏離又鬆散的游牧族群，總是不斷地有衝突和爭戰，如《蒙古秘史》所言：「星光照耀的天空，旋轉不停；草海覆蓋的大地，翻騰不已。互相廝殺，不及躲避，互相攻打，不及安息。」是鐵木眞，一個備受欺凌的孤兒，卻擁有極爲強大的能量，以一己之心，集合眾人之力，以戰止戰，統一了所有的游牧族群，在北亞的這一片高原之上，創建了一個嶄新的團結的蒙古民族。這個民族同時也擁有了一個嶄新的國家，就是大蒙古國。而成吉思可汗之後的功業，更是影響了整個世界，一直到今天，不同立場的學者發表的功過之論，還在繼續延伸之中。

最後，關於可汗的陵寢，還有一段近乎神話的記載，見於波斯的拉施特的《史集》：「……所以在他逝世後，在那裡，在那棵樹下，營建了他的宏大禁地。據說，就在那年，這片平原由於大量生長的樹木而變成了一座大森林，以致完全不可能辨認出那頭一棵樹，任何人也不知道它究竟是哪一棵了。」

代跋

瘂弦

著了色的，押了韻的，

在馬上想詩的勇敢的席慕蓉。

你最大的優點就是持續力強，永遠向前。

我想那是草原的蒙古精神吧。

蒙古給你力量。

你畫筆下飛天的蒙古女性就是你自己嗎？

騎上駿馬奔向大漠落日圓

察哈爾盟明安旗的姑娘穆倫·席連勃

瘂弦

——二〇一一·一·二十五

〈後記〉

海馬迴

那時候，風依著草浪
微微掀動了先祖們　土地一般廣袤的記憶

——摘自陳克華詩《寫給族人》二〇〇四．三

詩人的詩句究竟來自何方？竟然洞見那命運最幽微之處。

一九八九年八月下旬出發，長途跋涉之後，終於抵達了此行的第一站，內蒙古錫林郭勒盟南端的草原，也就是我父親的故鄉。

初見原鄉的震撼，於我有如謎題，因此已經書寫過好幾次。此刻再來

重述，是因爲有幸添了新知，多年的困惑應該算是解開了。

那天，我們的吉普車攀爬到海拔大約有一千多公尺的高度時，草原就突然出現在我的眼前，並且無邊無際地鋪展開來。

車子向前疾馳，很快我就被草原整個環繞起來了，周圍的圓形大地宛如一片遼闊的海洋，起伏的丘陵像是海面上緩緩的波浪。在這終於抵達的興奮時刻，有一種難以形容的錯愕感卻也同時出現了；我整個人從心魂的最深處到身體最表面的髮根與肌膚都在同時傳過一陣戰慄，彷彿是生命自己正在發出激烈的回響，讓我在行駛的車中只會不斷驚呼：「我好像來過！我來過啊！」

是的，明明應該是此生初見，爲什麼卻如此熟悉如此親切？眼前的一切似曾相識，那心底的痛楚與甘美，恍如是與魂牽夢繫的故人重新相遇。

爲什麼會有這樣的反應？

其實，我的經驗還不止如此。

一九八九年的夏天之後，我開始在原鄉各地不斷行走，每每在曠野深處，會遇見那些僥倖沒有受到汙染與毀壞，平日難得一見的美景。在那個時候，我總是萬分貪婪地久久凝視，怎麼也不捨得離開。覺得這些美景就是清澈的泉水，注入我等待已久瀕臨龜裂的靈魂，解我那焦灼的乾渴。

爲什麼會有這樣的反應？

時光飛逝，在這二十多年的行走中，我給自己找過許多種解釋，當然，都只是以一種猜測的方式。就像我在《寫給海日汗的21封信》這本書中，在〈生命的盛宴〉這封信裡，我就問了一個問題：

有沒有可能，在我們的身體裡，有一處「近乎實質與記憶之間的故鄉」在跟隨著我們存活？

這本書出版的時間是二〇一三年九月。沒想到，答案竟然很快就出現了！

二〇一四年十月六日，諾貝爾獎委員會公布了這一屆醫學獎，由三位主攻腦神經科學的學者共同獲得，他們因爲「發現構成大腦定位系統的細胞」而獲此殊榮。他們分別是早在一九七一年就發現了海馬迴中的位置細胞（Place Cells）的約翰．歐基夫教授。以及曾在一九九五年前往歐基夫教授實驗室裡做過博士後研究的一對夫妻，梅．布瑞特．穆瑟和她的夫婿愛德華．穆瑟，他們兩人在二〇〇五年發現了海馬迴裡的網格細胞（Grid Cells）。

我在此引用臺灣聯合報社在十月七日刊載的新聞資料，編譯馮克芸的綜合報導：「評審委員會說，三位科學家的發現解答了哲學家數百年來的疑惑，讓世人了解哪些特定的細胞共同運作，執行複雜的認知工作，讓我們知道自己置身何處，找到方位，爲下一次重回舊地儲存資訊。」

答案原來就在這裡！

我很早就知道並且記住了「海馬迴」這個名字，因爲這三個字又有畫面又飽含詩意。更因爲當年那位朋友很愼重地告訴我，它在大腦裡主管記憶。

現在又知道了它也掌管空間認知。

多年的謎題應該算是解開了。

如果說人類的尾椎骨是演化過程中所留下的痕跡，以此可確認我們是從什麼樣的動物逐漸演化而成的。那麼，在我腦中的這個海馬迴，想必也還留存著那在久遠的時光裡，我的祖先們世代累積著的空間記憶。這些記憶如此古老，卻又如此堅持，因而使得我在一九八九年的那個夏天不得不面對了一場認知的震撼。

第一次置身於草原之上，於我當然是初見原鄉，可是，大腦深處的海馬迴卻堅持這是生命本身的重臨舊地。

在這裡，我不是要附會什麼「前世今生」的說法，我沒有這種感悟。我的重點，反而是慶幸終於找到了在生理學上可以支持的證據，證明我們一直錯認了「鄉愁」。

是的，我們總以爲鄉愁只是一種情緒，一種心理上的感性反應，其實不然。如今，終於有科學研究可以證明，或許，它與生理上的結構牽連更深。

果然，我是參與了一場連自己也不知曉的實驗。作爲實驗品，我的入選資格，只是因爲我的命運。一個自小出生在外地的蒙古人，遠離族群，要到了大半生的歲月都已過去之後，才得到了來一探原鄉的機會。這實驗本身沒有什麼嚴格的規範，就像一粒小石頭，被隨意丟進大海裡那樣，在浮沉之間，完全是憑著自己的身體髮膚上直覺的反應，憑著心魂裡那沒有料到的堅持，憑著自我不斷地反省與詰問，竟然讓我感知到了一些線索，讓這一場長期的實驗終於有了意義。

當然，若是沒有科學家的加持，一切仍然只能是個人的「臆測」而已。

多麼感謝這三位學者以及他們背後的研究團隊所付出的努力，讓我的臆測成眞。原來，在我們的身體裡面，眞的有一處「近乎實質與記憶之間的故鄉」在跟隨著我們存活。

這生命深處的奧祕，如此古老，如此堅定，如此溫暖，如此美好。而超乎這一切之上，已經有詩句在遠遠地等待著我了。一九八九年的那個夏天，當我第一次站在父親的草原中央，「那時候，風依著草浪，微微掀動了先祖們，土地一般廣袤的記憶……」

——原發表於二〇一五・四・六聯合副刊

謝啓

怎麼形容這種友情？眞的，我們平日並不常來往，可是卻對彼此的創作默默關心。在這本詩集裡，要謝謝詩人向陽給我的序言，謝謝育虹、吳晟、文義、克華，還有內蒙古師範大學的滿全教授這幾位詩人寫給我的詩。還有我的引路人瘂弦先生給我的代跋之語，都是溫暖的鼓勵與深厚的情誼，在此深深致謝。

當然，更要謝謝圓神出版社每一位朋友給我的幫助和支持。不論在任何時空，出版一本詩集都不是容易的事，我極爲感激。

葉嘉瑩先生說：「讀詩和寫詩，是生命的本能。」謝謝先生給我的啓發。詩，既是植根於生命，那麼，生命深處我們每一個人嚮往著尋索著的原鄉，想必也就是——詩的原鄉了。

母親的故鄉，克什克騰草原深處
2014年夏　李景章 攝

母親的故鄉，克什克騰草原深處
2014年夏　李景章 攝

Eurasian Publishing Group
圓神出版事業機構
用心與你對話・網野無限寬廣

圓神出版社
Eurasian Press

www.booklife.com.tw　reader@mail.eurasian.com.tw

圓神文叢 179

除你之外

作　　者／席慕蓉
發 行 人／簡志忠
出 版 者／圓神出版社有限公司
地　　址／台北市南京東路四段50號6樓之1
電　　話／（02）2579-6600・2579-8800・2570-3939
傳　　真／（02）2579-0338・2577-3220・2570-3636
總 編 輯／陳秋月
主　　編／吳靜怡
責任編輯／韋孟岑
校　　對／韋孟岑・周奕君
美術編輯／劉鳳剛
行銷企畫／吳幸芳・陳姵蒨
印務統籌／劉鳳剛・高榮祥
監　　印／高榮祥
排　　版／莊寶鈴
經 銷 商／叩應股份有限公司
郵撥帳號／18707239
法律顧問／圓神出版事業機構法律顧問　蕭雄淋律師
印　　刷／祥峯印刷廠
2016年3月　初版
2016年4月　3刷

定價 350 元　ISBN 978-986-133-548-3

葉嘉瑩先生說：「讀詩和寫詩，是生命的本能。」謝謝先生給我的啓發。詩，既是植根於生命，那麼，生命深處我們每一個人嚮往著尋索著的原鄉，想必也就是——詩的原鄉了。

——《除你之外》

國家圖書館出版品預行編目資料

除你之外／席慕蓉著 -- 初版 -- 臺北市：圓神，2016.03
272 面；13×18.6公分 --（圓神文叢；179）

ISBN 978-986-133-548-3（精裝）
496 97000225